Gabrielle C. J. Couillez

Fünf Prüfungen für den Prinzgemahl

Drei Märchen

Bibliografische Information der Deutschen Nationalbibliothek:
Die Deutsche Nationalbibliothek verzeichnet diese Publikation in der Deutschen
Nationalbibliografie; detaillierte bibliografische Daten sind im Internet über
http://dnb.dnb.de abrufbar.

Verlag: BoD · Books on Demand GmbH, Überseering 33, 22297 Hamburg,
bod@bod.de

Druck: Libri Plureos GmbH, Friedensallee 273, 22763 Hamburg

ISBN: 978-3-7504-1299-6

Liebe
ist nicht das,
was Andere dir geben,
sondern das,
wie du über andere denkst.

© Gabrielle C. J. Couillez

Ein fliegender Teppich

Einst lebte in Isfahan, im fernen Orient, ein reicher Tuchhändler. Der hatte fünf Töchter. Sein ganzes Leben sehnte er sich nach einem Sohn, der sein Geschäft weiterführen und sein Erbe antreten könne. Jetzt war er alt und krank und sein Wunsch galt nur noch dem Glück und Wohlergehen seiner Töchter, besonders seiner Jüngsten mit Namen Soraya. Sie war die rechtschaffenste und liebreizendste von allen.

Seine vier ältesten Töchter waren mit wohlhabenden und angesehenen Männern der Stadt verheiratet. Doch als sich der alte Tuchhändler zum Sterben niederlegte, begannen sie sich eifersüchtig um das Erbe zu streiten und eine Schwester nahm der anderen weg, was sie für sich begehrte. Dabei beäugten sie besonders misstrauisch ihre jüngste Schwester, die zuletzt die ganze Liebe des Vaters zu haben schien.

Kurz vor seinem Tode hatte der Tuchhändler seine Tochter Soraya rufen lassen und überreichte ihr mit letzter Kraft ein Bündel, das aus weiter nichts, als einem alten, schon verschlissenen Teppich bestand, mit den Worten: „Dies, meine liebste Tochter, ist dein Erbe, das du ehren und wahren sollst, wie deinen Augapfel. Es wird dir ein glückliches Leben bescheren, wenn du Vertrauen hast. Es ist ein fliegender Teppich, den mir vor einem halben Jahrhundert mein Vater übergab. Er wurde nicht von Menschenhand und aus diesseitigem Zwirn, noch nach irdischem Plan gewebt, sondern aus einem himmlischen Gespinst und von ebensolcher Hand. Dieser Teppich hat mich zu dem gemacht, was ich heute bin. Er wird auch in dein Leben das Glück bringen, wenn du es am nötigsten brauchst und dich dahin entschweben lassen, wohin das Schicksal dich zu deinem eigenen Wohl bringen will. – Aber habe tiefes Vertrauen."

„Baba, wie bringe ich den Teppich zum Fliegen?", bedrängte Soraya ihren sterbenden Vater.

„Hab' Vertrauen", sprach er mit erstickender Stimme. Dann verließ ihn das Leben und er nahm das Geheimnis des Teppichs mit in sein Grab.

Die Schwestern lachten über sie: „Was willst du mit diesem mottenzerfressenen, alten Teppich! Dies ist die Aussteuer für eine Bettlerin! Damit wirst du noch nicht einmal einen Dieb anlocken!" Danach wurde Soraya alsbald von ihren unbarmherzigen, neidischen Schwestern grundlos aus dem Haus geworfen und sie irrte hungrig und müde durch die Straßen und den Basar von Isfahan.

So gerne hätte sie von all den Köstlichkeiten genascht, die aufgetürmt auf den Ladentischen lagen und gar so herrlich, würzig scharf oder lieblich süß dufteten. Jedoch sie wurde stets wie ein Hund verjagt. Sie fror und ihre Glieder wurden ihr schwer. All die herrlichen Stoffe, die das Auge mit leuchtenden Farben umschmeichelten, durfte sie noch nicht einmal berühren. In ihrer Not flehte sie zu Allah, dem Allbarmherzigen, dass er ihr helfen möge und ging im Vertrauen auf die göttliche Hilfe ohne Ziel weiter.

In einer dunklen Seitengasse, in der sich der Unrat der Bürger Isfahans türmte, fand sie schließlich einen Platz, an dem sie sich ungestört zum Schlafen niederlegen konnte. Sie öffnete ihr Bündel und rollte ihren Teppich aus, um sich darin einzuwickeln.

Doch – Oh Wunder! Was entdeckten ihre Augen? – kaum hatte sie den Teppich ausgebreitet, so fand sie zwischen seinen Falten eine silberne Schale mit ihrer Lieblingsspeise: leckeren Honigkuchen mit Safran und Pistazien. Warum war ihr dieses Gefäß nicht schon zuhause aufgefallen? Vielleicht hatte doch eine ihrer Schwestern Erbarmen gezeigt und ihr die Leckereien zugesteckt?

Soraya dankte Allah, tat sich gütlich daran und schlummerte schließlich satt und zufrieden ein. Sie träumte wohlig von tanzenden Feen, die ihren Schlaf bewachten und es war ihr, als ob sie mit ihnen über blühende Wiesen, steinige

Wüsten, von Schnee bedeckte, im Mondlicht glitzernde Berge und leuchtende Gewässer flöge.

Am nächsten Tag kitzelten die wärmenden Sonnenstrahlen ihre Nase und sie erwachte. Doch – Oh Wunder! Hatte sie sich nicht gestern zur Nacht an jenem schändlichen Ort in der dunklen Seitengasse niedergelegt? Wie war sie nur hierher gelangt?

Soraya fand sich zwischen den Füßen mächtiger indischer Elefanten wieder, die sie zu beschützen schienen. Diese grauen Riesen waren geschmückt mit bunten Quasten und Decken, auf denen kleine Spiegel und Perlen glänzten. Einer der Elefanten begrüßte sie mit seinem Rüssel, den er zärtlich über ihre Wange gleiten ließ. Soraya erhob sich, rollte ihren Teppich sorgfältig zusammen und wickelte die silberne Schale, die am Abend zuvor mit den Kuchen gefüllt war, zur Aufbewahrung darin ein. Sie dankte Allah für die gute Nacht und dass sie wohlbehalten an diesem herrlichen Ort erwacht war. Dann streichelte sie den sanften Tieren liebevoll ihre Rüssel und die Dickhäuter öffneten den Kreis und gaben ihr den Weg zu einer Wasserstelle frei. Sauberes Wasser sprudelte dort zu Sorayas Füßen aus einem Felsen, an dem sie sich erfrischen konnte. Kaum hatte sie sich erquickt, kamen mit wiegendem Schritt und Krüge auf dem Kopf balancierend, in bunte Saris gewandete, hübsche junge Frauen aus einem nahen Dorf heran.

Sie nahmen das Mädchen, als sei sie eine der ihren, gastfreundlich in ihre Runde auf, zeichneten segnend ihre Stirn über der Nasenwurzel mit einem roten Punkt, sorgten für ihr leibliches Wohl und lachten und scherzten mit ihr. Soraya war glücklich. Nie zuvor in ihrem Leben hatte sie sich derart willkommen gefühlt. Und obwohl sie die fremde Sprache der Inderinnen nicht verstand, so verband sie doch ihr Sehnen nach Liebe, Lachen und Geborgenheit, das alle Frauen miteinander teilen.

Einige Zeit blieb Soraya in diesem Dorf in Indien, in dem sie von den Frauen so freundlich aufgenommen worden war. Doch eines Tages ergriff sie eine unbegreifliche Sehnsucht und sie breitete ihren Teppich aus, setzte sich mit untergeschlagenen Beinen darauf, schloss die Augen und flehte zu Allah, dem Allmächtigen, er möge ihre Sehnsucht stillen, die sie sich nicht erklären konnte und ihr Herz mit Unzufriedenheit füllte.

Plötzlich spürte sie ein leichtes Aufsteigen in den Himmel und wie sich der Teppich unter ihr in sanften Wellen zu wiegen schien. Aus Furcht, dieses wohlige Gefühl von glücklicher Erwartung könne sich auflösen, wagte Soraya nicht, die Augen zu öffnen. Doch als nach kurzer Zeit ein warmer Wind in ihrem Haar spielte, der salzige Duft des Meeres in ihre Nase stieg und das Rauschen der Wellen an ihr Ohr drang, konnte sie sich nicht länger zurückhalten, denn sie wusste, dass sie wahrhaft fliegen musste. Vögel begleiteten sie zu ihrer Seite und tief unter ihr breitete sich der endlose Ozean wie ein blau seidenes, sich kräuselndes Tuch aus.

Kaum dass Soraya die Augen geöffnet und all dies Unglaubliche geschaut hatte, ergriff Furcht ihr seit Beginn des Fluges wieder fröhliches Herz und sie fing an das Geschehene zu bezweifeln. Mit dem Wachsen der Angst, herabzufallen und zu ertrinken, wurde ihr Herz schwer wie Stein und sie begann tatsächlich allmählich zu sinken. Schon begleiteten die Vögel ihren Flug nicht mehr, sondern reisten hoch über ihr im Himmel. Die Meeresoberfläche kam immer näher. Soraya konnte unter dem Wasserspiegel schließlich sogar die Fische in der Tiefe erkennen, die, wie die Vögel über ihr, zu fliegen schienen. Ihre Angst wurde größer und größer und Soraya sank tiefer und immer tiefer. Ihr Teppich glitt nun schon dicht über der Meeresoberfläche dahin. Bald spritzte ihr die kalte Gischt der jetzt hochschlagenden Wellen ins Gesicht. In ihrer Not begann sie den Himmel anzuflehen und Allah zu drängen, er möge ihr helfen – aber nichts geschah. Das salzige Wasser durchtränkte bereits ihren Teppich und er wurde langsamer und langsamer. Letztendlich, als Soraya sich schon in ihr Schicksal ergeben wollte und die Kälte des Todes spürte, erhob sie ein letztes Mal ihre Stimme zum Gebet:

„Oh hilf mir Allah, Erhabener, und errette mich! – Doch wenn du mich jetzt zu dir ins Paradies rufen willst, so vertraue ich auf Deinen weisen Rat." Noch hallten ihre Worte in ihrer Seele wieder und sie ergab sich vertrauensvoll in ihr Schicksal. Ein innerer Friede erfüllte sie, der nichts fürchtete, sondern nur noch Verbundenheit mit ihrem Schöpfer spürte und sogleich erhob sich der Teppich wieder in die Lüfte.

Schon bald konnte Soraya in der Ferne eine safrangelbe, sandige Küste ausmachen, die gegen das tiefblaue Meer anstieg. Die Gegend schien ihr unwirtlich und menschenleer, doch der Teppich lenkte in das weitläufige Landesinnere. Nach dem Meer aus unendlich tiefem, blauem Wasser flogen sie nun über ein Meer aus sich endlos ausdehnendem Sand. Himmel und Erde schienen im Licht der mächtigen Sonne eins zu werden und zu einem menschenfeindlichen Ort aus flimmernder Hitze zu verschmelzen. Ihr Teppich senkte sich zur Erde und flog dicht über die Oberfläche des trocknen Sandes. Binnen kurzem bekam Soraya grenzenlosen Durst. Doch weit und breit konnte sie nichts als die sandigen Gebirge der Wüste erkennen, und der Teppich trug sie unbeirrbar weiter durch die schwirrend heiße Luft. Ihre Lippen sprangen auf, ihre seidige Haut brannte und sie sehnte sich so sehr nach Wasser, dass sie mit offenen Augen von erfrischenden Seen träumte. Ihre Augen begannen ihren Verstand zu trügen und sie wähnte, in den Luftspiegelungen der Sonne eine wunderschöne Stadt mit prächtigen Palästen, glänzenden Kuppeln, schlanken hohen Minaretten, mächtigen Mauern und ausgedehnten Gärten zu erkennen. Doch immer, wenn sie glaubte, sie könne die Stadt fast mit Händen greifen und sie hätte diesen Ort mit ihrem Teppich bald erreicht, rückte das Trugbild noch weiter in die Ferne an den Rand des Horizontes oder verschwand gar völlig.

Wieder fürchtete Soraya einen herannahenden Tod. Sie hatte vor Durst kaum noch die Kraft, sich auf dem Teppich zu halten, der immer weiter über die menschenleere Wüste dahinflog. Sie legte sich bäuchlings, mit ausgebreiteten Armen flach auf seine Oberfläche und krallte ihre Hände rechts und links um die franzeligen Seitenenden ihres Teppichs. Erneut sandte sie in ihrer Not ihr Flehen zum Himmel und bat, dass das Vertrauen sie nicht verlassen möge, denn sie wisse doch, dass der Allbarmherzige, der auch ihr Vater ist, ihr alles Glück und Notwendige geben werde.

Darauf stieg ihr Teppich noch höher in den Himmel hinan und plötzlich konnte Soraya aus der Höhe über den Rand ihres Teppichs herab einzelne grüne Inseln in dem Meer aus Sand entdecken. Erleichtert und glücklich dankte sie Allah und preise Ihn jubelnd. Der Teppich senkte sich herab und setzte sie sanft auf den feinen Sandkörnern im Schatten der Dattelpalmen dieser Oase ab. Inzwischen neigte sich der Tag schon und Soraya konnte entzündete Lagerfeuer zwischen grünenden Feldern aufglimmen sehen. Sie rollte ihren Teppich zusammen, klemmte ihn unter ihren Arm und schritt in der aufsteigenden Dunkelheit der Abenddämmerung auf die Dattelpalmen, Felder und Bäume mit saftigen Früchten zu. Sie sah fröhliche Menschen, die dort im Schein der Feuer ein ausgelassenes Fest feierten. Gastfreundlich nahmen sie sie auf, reichten ihr kühles, klares Wasser aus dem Brunnen und warme, würzige Speisen. Eine verschleierte Frau mit freundlichen, dunklen Augen wies ihr in ihrem Zelt zwischen ihren Töchtern einen Platz zum Schlafen. Die Mädchen und jungen Frauen drückten und liebkosten sie und kleideten sie in ihre schönsten Gewänder.

Soraya blieb viele Tage und Nächte, denn die verschleierte Frau erinnerte sie an ihre eigene, vor vielen Jahren verstorbene Mutter, weil auch sie allen Stürmen des Lebens trotzend,

Stärke, Liebe und Schutz verkörperte. Doch eines Abends am Lagerfeuer unter den im Wind rauschenden Palmzweigen wurde ihr das Herz schwer, denn trotz der Missgunst ihrer Schwestern gedachte Soraya dennoch mit Sehnsucht ihrer Familie und dem fröhlichen Treiben in ihrem Vaterhaus, als ihre Eltern noch lebten. Ihre Gastgeber suchten sie zu trösten und von ihrem Weh abzulenken. Die Männer schlugen die Trommeln und die Frauen der Oase tanzten dazu. Wie in Sorayas Heimat, erzählten sich auch die Menschen hier fröhliche Geschichten. Da war die Rede von der Schönheit Arabiens, von seinen Töchtern, die wie die Blumen des Paradieses lieblich anzuschauen und von sanftem Wesen seien, und dass sie wie Rosen duften würden. Auch hier zeigten die Frauen ihre Geschicklichkeit im Tanz und ließen zu den Rhythmen der Trommeln ihre Hüften kreisen und erzittern. Und nicht zuletzt drückten die Menschen von Arabien im Tanz ihren Wunsch aus, dass nun alle Stammeskriege beendet sein sollten und für immer Frieden sein möge zwischen den Sippen der Beduinen. Liebe, Glück und Freude sollten jetzt und alle Zeit in ihrer Welt regieren. All diese Wünsche der Menschen, die Soraya bisher auf ihrer Reise getroffen hatte, bewegte sie in ihrem Herzen und sie fühlte, dass sich die Welt in diesem Sehnen wohl einig war.

Eines Tages schlugen die Araber ihre Zelte ab, beluden ihre Kamele mit ihrem Hausrat und den geernteten Früchten aus ihrer Oase, setzten die Frauen in die schattenspendenden Sänften auf den schwankenden Wüstenschiffen und zogen weiter zur nächsten Oase ihres Stammes. Sie forderten Soraya auf, mit ihnen zu kommen, doch ihr eignes Fernweh trieb sie weiter und von ihnen weg. Das Mädchen breitete seinen Teppich aus, füllte seine silberne Schale mit köstlichen Früchten dieser fruchtbaren Insel im Sandmeer der Wüste für die Reise, schloss die Augen und vertraute darauf, dass der Teppich sie sicher tragen würde.

Bald entschwebte sie der Oase. Ihr Teppich erhob sich hoch in den Himmel und flog höher als jeder Vogel über die weißen Wolken hinweg, höher und höher hinauf, und es war Soraya, als würde er sie in die Weite des Weltalls entführen wollen. Doch schon nach kurzer Zeit senkte er sich wieder ganz langsam herab. Unter ihr erstreckte sich ein silberblaues Band, das sich, gesäumt von grünen Feldern, Wiesen, Gärten und Wäldern aus Dattelpalmen, durch die gelbe Wüste dem dunkelblauen Meer zu schlängelte. Kinder sprangen durch kleine Gassen zwischen würfeligen Lehmhäusern. Das Land dehnte sich goldgelb in der Abenddämmerung unter ihr aus, während Sorayas Teppich der Strömung des Flusses folgend über trompetende Elefanten, schnaubende Nilpferde im Wasser, Fischer in Booten mit weißen, dreieckigen Segeln und Herden von allerlei Getier entlang des Ufers hinwegflog. Schließlich sah sie in der Ferne, im Licht des Sonnenunterganges, die Pyramiden rotglühend erstrahlen.

Am Boden des Tales, im Schatten der Sphinx, landete Sorayas Teppich auf der Erde. Nicht weit von hier trieben Hirten, ihre Stöcke schwingend, ihre Herden nach Hause. Die Menschen entdeckten sie und die Frauen begrüßten sie übermütig mit trällerndem Zungenschlag, während die Männer sie wohl für eine auferstandene Pharaonin hielten, so wie diese sie mit Ehrfurchtsbekundungen bedachten. Die Bewohner dieses Landes überhäuften Soraya mit Wohltaten, luden sie ein, sich zu ihnen zu gesellen und für immer zu bleiben, und Soraya blieb gerne. Die Fröhlichkeit der Menschen vertrieb ihre Schwermut. Das Leben an den Ufern des Nils schien ein einziges Fest zu sein. Dennoch spürte sie auch hier die Sehnsucht aller Menschen, die doch alle immerfort von Liebe träumen. Die Anteilnahme an ihrem Leben und ihrer Einsamkeit seit dem Verlust ihrer Familie und ihrer Heimat, berührte Soraya tief und sie versuchte hier, unter den Pyramiden, eine neue Heimat zu finden. Am Abend bereitete sie gemeinsam mit den Hirtenfrauen das Mahl und sie aßen, tranken und scherzten ausgelassen. Aber sie alle konnten dieses sehnsuchtsvolle Drängen in Sorayas Seele nicht stillen, das sie zwang, ihre Suche fortzusetzen. Und obwohl die Ägypter sie gerne bei sich behalten hätten und sie, ob ihres freundlichen Wesens, ihrer scheinbaren Fremdartigkeit und ihres wundersamen Auftauchens wie eine Königin verehrten, hielt es Soraya nicht lange in dem ausgedehnten, beeindruckenden Land. Als sie sich des Abends auf ihrem Teppich wieder zur Ruhe begab, bat sie Allah, er möge ihr Herz mit bleibendem Glück und Zufriedenheit füllen und ihr zeigen, was der Sinn ihres Lebens sei, das doch nichts anderes, als einsam und trostlos wäre, da sie niemanden habe, der ihr wahrhaft nahestände.

Und siehe da: Am Morgen wurde sie von fröhlichem Stimmengewirr geweckt, das an ihr Ohr drang und sie glaubte, von ferne Musik und laute Olé-Rufe zu vernehmen. Sie öffnete die Augen und fand sich auf ihrem Teppich liegend in einem wundersamen Palast wieder. Zahllose schlanke Säulen, die mit Ornamenten verzierte, geschwungene Gewölbebögen trugen, schmückten einen in Marmor gehauenen Brunnen, dessen kühlende Wasserfontäne nicht nur ein Labsal für den Körper war. Rote Lehmziegelbauten von Moscheen, Badehäusern und Palastgebäuden reihten sich an üppig grüne Gärten mit erfrischenden Wasserbecken. Bunte Kacheln und filigrane

Stuckarbeiten zierten die Wandflächen der hohen Räume, durch die Soraya staunend, mit ihrem alten Teppich unter dem Arm, umherstreifte. So gelangte sie in einen besonders prächtigen Saal, in dem das Wechselspiel von Licht und Schatten auf der Kuppeldecke ihre Augen zu der Illusion verleitete, dass sich die ganze Welt um sie drehe.

Erst als sie ihre von der Pracht des Gebäudes gefangen genommene Aufmerksamkeit wieder auf die Erde unter ihren Füßen richtete, bemerkte Soraya, dass sie nicht alleine war. Junge Mädchen eilten durch die offenen Hallen und Flure und spielten Fangen, wobei eine einer anderen immer wieder versuchte ein großes rotes Tuch zu entreißen. Soraya sprach sie an und fragte, wo sie denn hier wäre und wie dieses Land hieße, und sie antworteten ihr verwundert: „Du bist hier in der Alhambra!"

Und eine andere, der wohl Sorayas bekümmertes Wesen auffiel, rief: „Dies ist al-Andalus, ein Land voller Lebensfreude! – Komm mit und sieh!"

Und Soraya folgte ihnen und sah im schattigen Patio beim sprudelnden Brunnen die Menschen tanzen. Und ihr Tanz war so voller Begeisterung und Freude, dass sich Soraya von diesem Glücksgefühl, ein Kind dieser Erde zu sein, nur zu gerne mitreißen ließ. Die Spanier nahmen sie in ihren Kreis auf und sie tanzte mit ihnen, bis am Abend die Feuer entzündet wurden, an denen sie sich niederließen, um einem alten Geschichtenerzähler zu lauschen. Auch Soraya folgte aufmerksam den Worten des graubärtigen Mannes, der mit fesselnder Stimme die Geschichte vom Wasser des Lebens erzählte.

„...Oh, Herr der Welt! Welche Freude kann das Leben besitzen, wenn man vorher von seinen Gefährten und Freunden scheiden muss? Euch hat Gott zum Oberhaupt in seiner Welt gemacht. Ohne Helfer wird Euch kein Werk gelingen", kam der Märchenerzähler gestikulierend zum Ende seiner Geschichte und betonte den Schlusssatz: „Der Herrscher lobte die Worte dieses echten Weisen und gab das Wasser des Lebens zurück."

Die Zuhörer applaudierten dem Alten für seine ergreifende Erzählung und Soraya sann noch über seine Worte nach, als sie sich auf ihrem Teppich zur Nachtruhe niederlegte. Sie erinnerte sich an all die liebenden Menschen, die sie bisher in ihrem Leben begleitet hatten und sie dachte an ihre Freunde in aller Welt.

Jetzt verstand Soraya, dass Gott sie nicht traurig und mit ihrem Schicksal hadernd sehen wollte. Sondern, dass sie entgegen allen Intrigen und Unfreundlichkeiten alle Menschen, sogar ihre Schwestern, lieben und sich trotz aller Widrigkeiten ihres Lebens freuen und diese besondere Freude auch weitergeben sollte an all diejenigen, die in ihrem Leben nichts mehr kannten als Arbeit und das Trachten danach, ihren Reichtum zu mehren. Denn die Freude war echter Reichtum. Dies war der Reichtum, den sie anstreben wollte! Und Freude konnte sie nur erreichen, wenn wahre Liebe in ihrem Herzen wäre. Der Herr der Schöpfung würde für das Übrige schon sorgen, wenn sie nur darauf vertraute, dass er immer zu ihrer Seite ist.

Nun hatte Soraya wieder den Mut und die Kraft in ihre Heimatstadt zurück zu kehren und ihren Schwestern entgegen zu treten. In ihrem Herzen dankte sie Allah, dass er sie derart reich mit Freundschaften in aller Herren Länder beschenkt hatte. Sie setzte sich auf ihren Teppich, streichelte über seine zarte Oberfläche, gedachte ihres Vaters und wünschte sich nach Hause.

Der alte Teppich unter ihr schien zu jubilieren. Er kräuselte sich und schlug Wellen wie der weite Ozean, über den sie gereist war. Er pfiff und erhob sich wie die Winde, die sie in den vergangenen Wochen an die Enden der Welt getragen hatten. Und ehe sie sich versah, stieg er auf und es schien ihr, dass der Teppich sie direkt in die rotgefärbte aufgehende Sonne hineinflog, ehe sie wieder auf der heimatlichen Erde und im Basar von Isfahan landete.

Die Händler, die ihre Ware feilboten, erschraken über das Mädchen, das wie ein Fluch Allahs vom Himmel auf sie herabfiel und doch nur die jüngste Tochter des verstorbenen Tuchhändlers war, den sie alle kannten. Sie schrien voller Furcht und Unverständnis für Sorayas scheinbare Zauberkünste, mit denen sie einen alten Teppich fliegen lassen konnte, nach den Wachen des Schah, um sie schnell wieder aus ihrer Nähe entfernen zu lassen und in sicherer Verwahrung zu wissen. Doch die Soldaten waren ebenso ratlos, denn Soraya flog ihnen einfach davon, sobald sie sie ergreifen wollten. Also ließen die Wächter Sorayas Schwestern rufen, damit diese ihre kleine, verrückt gewordene Schwester wieder zur Vernunft brächten. Wutschnaubend eilten diese herbei und schimpften, sie würde Schande über sich und ihre Familie bringen! Sie wollten Soraya vertreiben – am liebsten auf Nimmerwiedersehen – und notfalls sogar töten lassen.

Dann jedoch rührte sie plötzlich der Anblick von Sorayas liebevollem, gütigem Lächeln, wie sie ihnen mit offenen Armen und Tränen der Wiedersehensfreude in ihren Augen entgegeneilte; und ihre Schwestern erinnerten sich wieder ihrer wunderschönen Kindertage, als sie alle fünf noch wie Pech und

Schwefel zusammenhielten und die Familie unter den Eltern vereint war. Nur widerwillig ließen sich Schwestern zur Begrüßung von Soraya küssen. Aber sie nahm dabei das Gesicht jeder einzelnen zärtlich in ihre Hände, streichelte deren Wangen und suchte den Blick in ihre Augen, den sie so lange hielt, bis ihre bedingungslose und vertrauensvolle Liebe die Mauern des Egoismus um die Herzen der Schwestern einriss. Denn Soraya wusste inzwischen, dass jeder Mensch nur geliebt werden möchte. Und diese Liebe gab sie ihnen, gleichgültig ob ihr Gegenüber sie annehmen wollte oder nicht – und gleichgültig, ob sie zurückgeliebt wurde oder nicht. Nach all ihren Erfahrungen, die sie auf ihrer Reise gemacht hatte, fürchtete Soraya keinen Tod mehr. Sie wusste ihren Schöpfer, ihren Vater im Himmel, immer bei sich und hatte darum den Mut, ohne Erwartungen, ohne eigensüchtiges Streben nach einem eigenen Vorteil, ohne Angst vor Ablehnung zu lieben. Denn wann hatte Ablehnung, Wut, Streben nach dem eigenen Nutzen und Trennung von den Menschen, die einem selbst eigennützig begegneten, in der Vergangenheit jemals zum dauerhaften Glück im Leben eines Menschen geführt? Und wie sollte sie je, getrennt von den Menschen, die ihr im Grunde am nächsten sind, die alle wie sie den gleichen Vater haben, glücklich weiterleben können? – Sie wollte diese Freude, die sie durch das Wissen um die wahre Liebe, die alles vergibt, teilen, weil geteilte Freude doppelte Freude ist. Soraya konnte die Liebe und die Freude in ihrem Herzen nicht für sich behalten, weil diese beiden sich nur mehren, wenn man sie verschenkt. Gleichgültig, was der Beschenkte mit dieser Gabe tut, würde sie dennoch glücklich sein, solange sie wahrhaftig liebt.

Die Gemüter beruhigten sich, als sie erkannten, dass ihnen keine Gefahr drohte und sie nichts zu verlieren hatten, wenn sie ebenfalls das Wagnis eingingen, ihre Herzen ehrlich zu öffnen und zu lieben, statt in der Angst zu verharren und zu hassen. Die Leute befragten Soraya, wie es ihr möglich war zu fliegen, wo doch jeder weiß, dass nur die Vögel diese Gabe Allahs besäßen. So erzählte Soraya von der Sterbestunde ihres Vaters und was sie seitdem erlebt hatte.

Die Wachen brachten die Kunde bis vor den Schah, der, neugierig geworden, das Mädchen kennenlernen wollte, das auf einem fliegenden Teppich bis an die Enden der Welt gelangt war und auf dieser Reise trotz ihrer Jugend dabei so viel Weisheit erworben hatte. Er lud Soraya an seinen Hof ein und ließ dazu ein rauschendes Fest richten. Die Frauen des Harems wurden von Sorayas Botschaft der Freude und ihrem warmherzigen Wesen ebenso entzündet, wie der Herrscher selbst, der nun beschloss, in seinem Land nur noch mit Liebe und der daraus entstehenden Lebensfreude zu regieren, Frieden mit allen Nachbarländern zu halten und nicht mehr nach deren Gütern zu trachten, die seine Schatzkammern doch nur mit kalten Gold füllen würden, welches ihm letztendlich kein Glück der Welt auf Dauer kaufen konnte.

Soraya wurde eine geachtete Ratgeberin des Schah, der durch sie erfuhr, dass in seinem Reich der Handel viel größere Früchte trug und sich der Wohlstand unter allen seinen Untertanen ausbreitete, seit sie gelernt hatten, untereinander und jedem Fremden gegenüber mit Respekt zu begegnen. Und all dies machte ihn selbst ebenso glücklich, weil sich am Leid seiner Mitmenschen und an materiellem Gut schließlich keiner wahrhaft erfreuen kann. Denn Gold schenkt keine Liebe, es glänzt und blendet im Licht der Sonne nur.

Für ihre Dienste ließ er ihr ein prachtvolles Haus in den schattigen Bergen, direkt an der Quelle eines klaren Baches, bauen und hieß sie an seinem Hof willkommen, wann immer ihr danach war. Und Soraya blieb gerne an diesem Ort. Sie erfüllte ihn mit Leben und Liebe. Mit dem Leben, das sie gelebt und den Geschichten von den Erinnerungen ihrer Reise, durch die sie gelernt hatte, dass alle Menschen gleich sind und nur geliebt werden und in Freude leben wollen. Sie brachte jedem, dem sie in ihrem weiteren Leben begegnete, die Liebe des göttlichen Vaters entgegen, von der ihr Herz voll war. Sie hatte alles gesehen. Sie hatte alles erlebt. Sie hatte erfahren, was der Sinn des Lebens ist. Und ihre Erfahrung erfüllte sie mit Zufriedenheit und Glück. Sie wusste, sie war am Ende ihrer Reise angekommen.

Selbst ihre Schwestern wurden durch die Vergebung und aufrichtige Schwesterlichkeit, die Soraya ihnen von Herzen schenkte, in ihrem tiefsten Innern gerührt und erschüttert, sodass sie sich eines Besseren besannen und in ihrem Wesen großzügiger und liebevoller gegenüber ihren Mitmenschen wurden.

So lebte Soraya glücklich und zufrieden, gab ihre Freude an die ratsuchenden Menschen, die Kinder und Kindeskinder weiter und viele nach ihr folgen noch in diesen Tagen ihrem Beispiel.

Jedoch sind es immer noch nicht genug, um die ganze Welt mit Lebensfreude anzustecken und in der Liebe und im Vertrauen auf ihren Schöpfer zu befrieden!

Fünf Prüfungen

für den

Prinzgemahl

$\mathcal{In}$ einem Land, gar nicht allzu weit von hier entfernt, und zu einer Zeit, die noch nicht allzu lange zurückliegt, lebte einst eine Prinzessin, die nicht mehr allzu jung war, aber von besonderem Liebreiz und im Besitz eines großen Reiches, das sie souverän regierte. Ihre Untertanen lebten glücklich und zufrieden unter ihrer Herrschaft und verfügten über einen gewissen Wohlstand, den ihnen ihre Nachbarn heimlich neideten und sich anzueignen wünschten. Es fehlte der Prinzessin darum auch nicht an Verehrern, die um sie warben. Doch wollte sie sich nicht mit dem ersten besten vermählen und der rechte Bräutigam war noch nicht gekommen.

Eines Tages beobachtete sie, als sie in der Frühlingssonne auf ihrem rosenbewachsenen Balkon saß, wie ein stattlicher Prinz auf seinem edlen, herrlich aufgezäumten Ross ihrem Schloss zustrebte. Schnell hatte er sie erblickt, sprang behände von seinem Pferd, verbeugte sich tief vor ihr und wartete, dass sie ihm erlauben würde, das Wort an sie zu richten.

„Wer seid Ihr und was ist Euer Begehr?", fragte die Prinzessin, wie es die Höflichkeit gebot, und er erklärte ihr stolz, dass er Prinz Dagobert aus dem Reich westlich des ihren wäre und er begehre sie zu heiraten.

„So wisset", entgegnete sie ihm, „dass ich nur den zum Manne nehme, der fünf Prüfungen besteht, die ich ihm auferlegen werde. Doch sollte derjenige, der sich dieser Bewährungsprobe unterzieht, nicht bestehen, wird er ein Jahr lang Amt und Würden verlieren und Sklavendienste für mich verrichten. Wollt Ihr dennoch um meine Gunst werben?"

„Ja! Ich habe schon viele Gefahren mutig gemeistert und begebe mich mit Freuden für Euch in ebensolche", antwortete der Prinz ohne Umschweife und dachte sich: So schwierig können die Prüfungen nicht sein, die sich ein hübsches Weib ausdenkt. Und selbst wenn, würde er auch gerne für ein Jahr ihr Sklave sein.

„Nun denn", sagte die Prinzessin, „so speist mit mir zu Abend und erzählt mir von Euch und dem Leben in Euren Besitztümern. Denn, wenn Ihr erst mein Gemahl seid, so ist es in einer Ehe selbstverständlich, dass man Freud und Leid miteinander teilt. Nicht wahr?"

„So sei es", lächelte Prinz Dagobert siegessicher und verneigte sich nochmals tief vor ihr.

Am Abend saßen sie sich dann an einer reich gedeckten Tafel gegenüber und der Prinz konnte gar nicht mehr aufhören, ihr

Komplimente zu machen, über seine Besitztümer und seine eigenen Vorzüge zu reden und die Prinzessin für die ihren zu loben. Auch scherzen konnte er vorzüglich und sie lachten zusammen viel über seine Späße. Schließlich fragte ihn die Prinzessin: „Habt Ihr nicht auch etwas, das Euch Kopfzerbrechen bereitet? Ihr habt nun genug Freude mit mir geteilt. Teilt nun auch Euer Leid mit mir."

Nach einem kurzen Moment des Schweigens erzählte ihr der Prinz, dass er tatsächlich eine Sorge habe, die ihm sogar den Schlaf raube. In seinem Gefängnis saß seit einiger Zeit ein sehr junges, hübsches Bauernmädchen, das einem seiner Ritter ein wertvolles Schmuckstück gestohlen hat, und er wisse nicht, wie er sie richten solle. Normalerweise müsse er ihr die Hand, die genommen hat, was sie nicht nehmen darf, abschlagen. Doch das Mädchen wäre noch beinahe ein Kind.

„Vielleicht ist ihr Gemüt auch noch kindlich", sagte die Prinzessin. „Bevor Ihr Euren Richtspruch sprecht, reicht dem Bauernmädchen einen Apfel auf der einen, und eine Silbermünze auf der anderen Hand. Greift sie nach dem Apfel, ist sie noch nicht der Schuld fähig. Greift sie nach der Münze, so hat sie bewusst das Schmuckstück genommen, um sich zu bereichern. Aber möglicherweise trieb sie auch Armut dazu. Berücksichtigt auch dies. – Und so sei Eure erste Prüfung:

Kehrt in Euer Land zurück und schlichtet in weiser Gerechtigkeit den Streit zwischen Eurem Ritter und dem Bauernmädchen."

Prinz Dagobert verbeugte sich lächelnd und zog seiner Wege. Ein vertrauter Diener der Prinzessin folgte ihm heimlich in das Reich im Westen nach und wohnte dort dem Hoftag bei, um seiner Herrin Bericht zu erstatten. Prinz Dagobert entschied über den Streit nach eigenem Gutdünken, ohne den Rat der Prinzessin zu befolgen. Als er nach ein paar Tagen wieder vor ihr erschien, teilte er ihr mit Überzeugung sein Urteil mit. Demnach hatte er das Mädchen in die Sklaverei verkauft und dem Ritter seinen Schaden aus dem Erlös der erzielten Summe erstattet.

„Ihr habt die Prüfung nicht bestanden", sprach die Prinzessin mit fester Stimme.

„Warum?", erwiderte Prinz Dagobert enttäuscht. „Ich habe dem Bauernmädchen Milde zuteilwerden lassen und ihr nicht die Hand abgeschlagen! Und mein Ritter bekam seinen Schaden sogar ersetzt!"

„Aber Ihr habt meinen Rat nicht in Erwägung gezogen. Mein Diener hat das Bauernmädchen in meinem Auftrage freigekauft und ich konnte mich mit eigenen Augen davon überzeugen, dass es noch wahrhaft ein unschuldiges Kind ist.

Ihr habt dies nicht bedacht und seid nur bestrebt gewesen, ein unanfechtbares Urteil zu fällen. Ihr würdet meine Meinung zu derart wichtigen Entscheidungen auch nicht respektieren, wenn wir ein Ehepaar wären. Doch wisset: Respekt ist die Grundvoraussetzung in den Beziehungen und in den Begegnungen zwischen den Menschen! Respekt ist das Fundament, auf das wahre Liebe aufgebaut werden kann. Ohne Respekt kann keine Liebe entstehen. Darum werde ich keinen Mann heiraten, der mich nicht als gleichwertige Herrscherin an seiner Seite respektiert! Geht und dient von nun an für ein Jahr den alten und kranken Witwen in meinem Hospital, auf dass Ihr lernen möget, Frauen zu respektieren!"

Prinz Dagobert verneigte sich mit zerknirschtem Gesicht und war nach seiner Dienstzeit lange Jahre nicht mehr im Reich der Prinzessin gesehen. Doch die beiden Königshäuser hegten freundschaftlichen Kontakt untereinander und hielten den Frieden zwischen ihren Ländern aufrecht.

Über das Jahr ritt wieder ein prächtig ausgestatteter Prinz auf das Schloss der Prinzessin zu und auch er bat sie um ihre Hand. Es war Prinz Dietrich aus dem östlichen Nachbarreich. Die Prinzessin erklärte ihm, dass er sich fünf Prüfungen unterziehen müsse, ehe sie einer Heirat mit ihm zustimmen würde und er nahm die Bedingungen an. So kam es, dass auch er nach einer fröhlichen Unterhaltung beim abendlichen Mahl von seiner Sorge berichten musste und er erzählte ihr, dass er über ein Urteil nachsinne, wie die Ehefrau eines überführten Räubers zu behandeln sei, da der Besitz eines solchen Übeltäters dem Gesetz nach an den Staat falle, und dessen Gemahlin somit in die Armut gestürzt werde.

„So gebt der Frau wenigstens ihre Mitgift aus dem Vermögen zurück", riet die Prinzessin, „aber bedenkt, dass sie ihren Gemahl möglicherweise zu der Tat mitangestiftet haben könnte. – Und dies sei Eure erste Prüfung: Kehrt in Euer Land zurück und richtet in weiser Gerechtigkeit über die Zukunft des Räuberweibes. Prüft die Räubersfrau, indem Ihr sie in Versuchung führt, selbst zu stehlen."

Prinz Dietrich verbeugte sich, dankte seiner Angebeteten für den Rat und zog seiner Wege. Ein vertrauter Diener der Prinzessin folgte ihm heimlich in das Reich im Osten nach und wohnte dort dem Hoftag bei, um seiner Herrin Bericht zu erstatten. Prinz Dietrich erwog ausführlich und nach Anhörung vieler Zeugen für den Leumund der Räubersfrau den Rat der Prinzessin. Er gab der Räubersfrau selbst Gelegenheit zum Diebstahl einer Kostbarkeit, welche diese nicht beachtete und entschied zu darum zum Wohle der Angeklagten. Als der

Prinz nach ein paar Tagen wieder zur Audienz der Prinzessin erschien, teilte er ihr sein Urteil mit, nachdem er der Frau ihre Mitgift aus dem beschlagnahmten Vermögen auszahlen ließ, womit sie nun sorgenfrei leben könne.

„Diese Prüfung habt Ihr bestanden", sprach die Prinzessin und setzte hinzu: „Es ist gut, dass Ihr gekommen seid, denn ich brauche einen sehr erfahrenen Kutscher, der mich sicher in die Berge der Einsamkeit im Norden fährt. Dort wohnt ein Zauberer, der einen ganz besonderen Stein für die Dauer der Vollmondnacht besitzt. Dieser Stein soll mir und meinem zukünftigen Gemahl mehr Macht verleihen. – Und dies soll Eure zweite Prüfung sein: Bringt mich in einer Kutsche wohlbehalten und auf dem schnellsten Wege zu dem Zauberer, damit ich diesen Stein noch rechtzeitig in Empfang nehmen kann, bevor er seine Magie an eine andere Braut verliert."

Und Prinz Dietrich hieß die Diener anschirren, half der Prinzessin beim Einsteigen in die Kutsche und bestieg den Kutschbock. Mit einem beherzten Schnalzen und lautem „Hüh!" trieb er die vier weißen Rösser an, die die Kutsche zogen und los ging die Fahrt! Zuerst folgten sie dem bequemen Weg aus dem Schlosspark hinaus in die Auwälder der Umgebung und durch die erntereifen Felder, Äcker und saftigen Wiesen. Dann erreichten sie die Stadt, durch deren enge Gassen Prinz

Dietrich nun das große Gefährt steuern musste. Bald hörte die Prinzessin sein Fluchen über die vielen Menschen, welche die Straßen belebten. Bauern, die auf Karren ihrer Arbeit Früchte zum Markt bringen wollten, zwang er mit lautem Peitschenknallen und Beschimpfungen zur Seite. Frauen und Kinder scheuchte er vor sich weg, ohne seine rasante Fahrt zu verlangsamen. Und als die Prinzessin ihn um einen kurzen Halt bat, da sie sich an einem Brunnen erfrischen wolle, brachte er der Kutsche mitten auf dem Marktplatz zum Stehen, ohne auf die anderen Fuhrwerke zu achten, die ebenfalls dorthin oder von dort wegfahren wollten und nun nicht mehr an ihm vorbeikamen. Schließlich stieg die Prinzessin wieder in die Kutsche und Prinz Dietrich gab endlich den Weg für alle anderen Leute frei. Als sie die Stadt durch das Stadttor nach Norden verlassen wollten, gab die Prinzessin Prinz Dietrich ein weiteres Zeichen zum Halten. Sie stieg aus und sprach:

„Diese Prüfung habt Ihr nicht bestanden!"

„Warum?", erwiderte Prinz Dietrich enttäuscht, ja fast beleidigt. „Ich habe Euch doch schnell und sicher gefahren!"

„Aber Ihr habt überheblich gehandelt, indem Ihr rücksichtslos durch die Menschenmenge gerast seid. Ihr beschimpftet die Leute, schlugt gar mit der Peitsche und behindertet sie in ihrem Recht, die Straßen und Gassen ebenso wie wir zu nutzen. Denn wisset: Nur ein Herrscher, das sein Volk liebt, gleichgültig welchen Rang der einzelne Mensch in der Gesellschaft hat, wird auch von seinem Volke wieder geliebt und sein Reich ist von Bestand. Denn unsere Macht und Stärke als Herrscher sprießt aus dem Mark unserer Untertanen! Darum werde ich keinen Mann heiraten, der seine und meine Untertanen nicht als wertvolle Menschen achtet. Geht und dient von nun an für ein Jahr den Ärmsten und Geringsten in meinem Hospital, auf dass Ihr lernen möget auch den niederen Stand zu achten!"

Prinz Dietrich verneigte sich mit zerknirschtem Gesicht und ward nach seiner Dienstzeit lange nicht mehr in ihrem Reich gesehen. Doch die beiden Königshäuser pflegten freundschaftlichen Kontakt untereinander und hielten den Frieden zwischen ihren Ländern aufrecht.

Wieder verstrich ein Jahr und wieder kam ein stolzer Prinz auf seinem edlen Ross vor die Tore des Schlosses geritten, um der Prinzessin seine Aufwartung zu machen. Es war Prinz Degenhard aus dem Reich des Nordens. Er war von so angenehmem Erscheinen, dass es der Prinzessin schon beinahe leid tat, dass sie ihm zuerst fünf Aufgaben stellen musste. Beim gemeinsamen Speisen, während dessen sie ihn aufforderte, ihr von seinen Sorgen zu erzählen, erklärte er ihr lächelnd seinen Regierungsstil und wie er sein Volk bei wichtigen Entscheidungen mitwirken lasse. „Erzählt mir doch von Euren Sorgen!", forderte er sie stattdessen mit einem charmanten Lächeln auf, das die Prinzessin von Herzen glücklich machte. Und sie vertraute ihm ihre Nöte an und die Ratschläge und Worte von Prinz Degenhard beruhigten ihr Herz. So hatte er die erste Prüfung gemeistert, ohne es zu ahnen.

Noch am selben Abend, nachdem der Vollmond sie bei einem Spaziergang durch den Schlosspark in sein silbernes Licht tauchte, eröffnete die Prinzessin dem Prinzen seine nächste Prüfungsaufgabe: Die Kutschfahrt zum Zauberer mit dem magischen Mondstein in den Bergen der Einsamkeit. Und Prinz Degenhard wählte die kräftigsten Pferde im Stall aus, um sie anspannen zu lassen. Er prüfte die Kutsche und öffnete der Prinzessin den Türschlag zum Einstieg. Der Prinz ließ die Peitsche über den Köpfen der Pferde knallen und los ging die Fahrt durch Wald und Wiesen, über Stock und Stein, über das Kopfsteinpflaster der Stadt bis zum Marktplatz, an dessen Rand er die Kutsche auf den Wunsch der Prinzessin hin sofort zum Stehen brachte. Trotz seiner Eile war Prinz Degenhard bis hierhin allen Menschen, Tieren und Hindernissen auf der Straße geschickt ausgewichen – auch wenn so mancher erschrocken zur Seite sprang. Er öffnete der Prinzessin die Tür des Wagenverschlages und als sie ihn verwundert fragte, warum er so weit vom Brunnen entfernt gehalten hätte und sie nun über den ganzen Platz durch die Menschen gehen müsse, wo doch ohnehin die Zeit dränge, antwortete Prinz Degenhard mit seinem charmanten Lächeln nur knapp: „Eben darum!", und nahm die unentschlossene Prinzessin auf seine Arme, um sie bis zum Brunnen durch die ihr zujubelnden und grüßenden Menschen zu tragen.

Wieder zurück in der Kutsche war die Prinzessin noch ganz angetan von der Erinnerung an die starken Arme des Prinzen, der sie selbstverständlich auch wieder zur Kutsche zurückgetragen hatte. Und sie nahm zunächst gar nicht wahr, dass sie noch tatsächlich weit vor dem Morgengrauen das Haus des Zauberers in den Bergen der Einsamkeit erreicht hatten. Glücklich nahm sie den magischen Stein aus der Hand des Zauberers entgegen, der zu ihr sprach:

„Liebste Prinzessin! Ich freue mich von Herzen, Euch meinen magischen Mondstein überreichen zu dürfen, der Euch und dem Euch in Liebe verbundenen Gemahl zu der besonderen Gabe verhelfen wird, Euer gemeinsames Reich mit der Macht des tiefsten Gefühls für alles Euch Untergebene zur regieren und zu erhalten!"

Ehrfürchtig bedankte sich die Prinzessin bei dem greisen Zauberer und verabschiedete sich, um die Heimreise anzutreten. Prinz Degenhard lenkte stolz und zufrieden über seinen Erfolg die Kutsche eiligst zurück zum Schloss, wo ihm die Prinzessin dann lächelnd die dritte Prüfungsaufgabe eröffnete:

„Prinz Degenhard, auch wenn ich nicht ganz mit der Art und Weise Eures Kutschierens einverstanden bin, so kann ich Euch doch nicht absprechen, dass Ihr die zweite Prüfung gemeistert habt und ich gespannt bin, wie Ihr die nächste Aufgabe bewältigen werdet. Wir werden nämlich die nächste Nacht gemeinsam durchtanzen. Also ruht Euch aus, damit Ihr bei Kräften seid! Morgen wird sich zeigen, wie gut wir uns gegenseitig auf unseren Partner einstimmen und uns in Harmonie anpassen können."

„Es wird mir ein Vergnügen sein, Euch wie eine Feder über die Tanzfläche schweben zu lassen", strahlte der Prinz, verbeugte sich und zog sich in seine Gemächer zurück.

Die Prinzessin ließ inzwischen alle ihre Untertanen zu einem großen Ball laden und die Diener das Fest vorbereiten. Herrlich war der Thronsaal geschmückt, als die Prinzessin und der Prinz die Halle betraten. Tausend Kerzen funkelten und aus Geigen und Flöten ertönten herrliche Melodien, zu denen sich das Paar in wundervollem Einklang bewegte. Die Prinzessin brauchte sich keine Sorgen darum zu machen, ob ihre Füße nach dieser durchtanzten Nacht schmerzen könnten, denn Prinz Degenhard hielt sie so fest, dass sie kaum den Boden berührte.

Dann dämmerte der Morgen und die Prinzessin freute sich auf den Kuss, den sie insgeheim als vierte Prüfungsaufgabe auserkoren hatte, was sie ihm jedoch verheimlichte, um des wahren Gefühls des Prinzen gewahr werden zu können. Und Prinz Degenhard nutzte die Gelegenheit ohne Zögern, als sich die Prinzessin mit ihm alleine im Garten befand, wo sie ein wenig Atem schöpfen wollten. Beim Springbrunnen nahm er sie in die Arme und drückte seine Lippen auf die ihren. Und die Prinzessin, die bereits tiefe Zuneigung zu Prinz Degenhard empfand, hoffte darauf, vor Glückseligkeit in seinen Armen zu schmelzen – doch nichts geschah... Als sie dem Prinzen nach dem Kuss in die Augen sah, konnte sie keine Liebe in ihnen finden. Sein Lächeln war so selbstsüchtig und gefühllos wie sein Kuss.

Da sprach die Prinzessin traurig: „Ich bedaure, Prinz Degenhard, Ihr habt die Prüfung nicht bestanden. Denn dieser Kuss war Eure letzte Bewährungsprobe."

„Was war falsch an meinem Kuss?", wollte der Prinz wissen und blickte sie fassungslos an.

„Er war ohne Zärtlichkeit, Zuneigung und Einfühlungsvermögen. Und einen Mann, der nach all den Schwierigkeiten und gemeinsam bewältigten Hindernissen mich nicht um meiner selbst willen liebt, werde ich nicht zum Gemahl nehmen."

Die Prinzessin senkte ihren Blick, wandte sich weinend von Prinz Degenhard ab und lief den Weg zurück in ihr Schloss. Der magische Stein des Zauberers verschwand, als wäre er nie in ihrer Hand gewesen, und flog durch Raum und Zeit zurück in die Berge der Einsamkeit. Dies war ein weiteres Zeichen dafür, dass sie und Prinz Degenhard nicht füreinander geschaffen waren. Und so begab sich der Prinz widerspruchslos in den ihm auferlegten Sklavendienst im Hospital der Prinzessin, wo er für ein Jahr die todkranken, elternlosen Kinder umsorgen musste, um sich dem Gefühl der selbstlosen Liebe zu öffnen. Nach seiner Dienstzeit verabschiedete sich Prinz Degenhard von der Prinzessin mit einer tiefen Verbeugung und kehrte mit betrübtem Blick zurück in sein Reich, ohne sie jemals wieder zu besuchen. Doch die beiden Königshäuser pflegten freundschaftlichen Kontakt untereinander und hielten den Frieden zwischen ihren Ländern aufrecht.

Nach einem weiteren Jahr wartete wieder ein hübscher Prinz vor ihrem Schloss und warb um die Prinzessin. Mit romantischen Gesängen ließ er seine schöne Stimme erklingen, bis sie ihre Diener anwies, ihn einzulassen.

„Wer seid Ihr und wo liegt Euer Königreich?", fragte sie ihn oben auf dem Treppenabsatz stehend, bevor er zu ihr hocheilen und sie ihm bei seiner Begrüßung mit Handkuss in die Augen sehen konnte.

„Mein Name ist Diego", sprach er mit fremdländischem Akzent, „und ich bin weit aus dem Süden zu Euch hierher gereist!"

„So stärkt Euch nach Eurer langen Reise an meiner Tafel und erzählt mir von Euch und Eurem Königreich!", lud die Prinzessin den Prinzen mit den sanften, braunen Augen ein und sie verbrachten gemeinsam einen fröhlichen Abend. Als er von seinen Sorgen erzählte, standen ihm sogar die Tränen in den Augen über das Leid, das er bisher erlebt hatte und sie beweinte es mit ihm und freute sich über seine Offenheit ihr gegenüber, indem er sich derart verletzlich zeigte. Ihre Ratschläge schien er dankbar anzunehmen und so stellte sie Prinz Diego schon am nächsten Abend vor die zweite Prüfung. Auch die Kutschfahrt führte er sehr umsichtig aus und betonte, dass man alle Menschen achten und respektieren müsse. Die Prinzessin war sehr zufrieden und brachte glücklich den Mondstein nach Hause, den sie bis zu einer möglichen Hochzeit mit Prinz

Diego in eine herrlich geschmückte Schatulle legte und dem Prinzen zur Verwahrung übergab.

Dieses Mal nahm sich die Prinzessin vor, die für das Ende gedachte Prüfung nach der zweiten erfolgen zu lassen, um sich nicht selbst wieder nach einer durchtanzten Nacht zu verlieben und für Monate an Liebeskummer zu leiden. Wenn ein Mann zu ihr passen sollte, musste er auch ihren Geschmack teilen, ihre Kochkünste zu würdigen wissen und sich mit ihr gemeinsam an kleinen und schönen Dingen des Lebens erfreuen können. Also bat sie am folgenden Abend Prinz Diego in die Schlossküche und schickte alle ihre Bediensteten weg, um sich mit dem Prinzen alleine ihr abendliches Mahl zuzubereiten.

Der junge Adlige erfüllte auch alle ihre Wünsche mit einem fröhlichen Lächeln auf dem Gesicht, wenn sie ihn hierhin und dorthin schickte, um ihr Wasser aus dem Brunnen herbeizuschleppen, die Hühner zu rupfen oder den Trog mit den Küchenabfällen den Schweinen zum Fraß vorzuwerfen. Es störte ihn nicht, seine Kleidung zu beschmutzen und selbst mit seiner Hände Arbeit sein Essen zuzubereiten. Aber er aß am Ende, als sie gemeinsam im blühenden Garten der Prinzessin bei Tisch saßen, von allem nur sehr wenig, sprach nur über den Wert der Ernährung und nicht den Genuss. Er bemäkelte hier etwas und dort etwas, das sich verbessern ließe und wollte sich nicht entspannt zurücklehnen, um sich von der Prinzessin mit verbundenen Augen füttern zu lassen oder einfach der Schönheit des Momentes hinzugeben. Daraufhin fragte ihn die Prinzessin, warum er sie heiraten möchte, wenn sein Reich doch so weit von dem ihren entfernt liege.

„Worin seht Ihr den Sinn einer Ehe mit mir, Prinz Diego?"

„Das ist doch völlig logisch, Prinzessin", antwortete er. „Wir regieren gemeinsam über ein Volk, unterstützen uns dabei, mehren unseren Besitz, sorgen für Frieden und unsere Nachkommen und erfreuen uns daran!"

„Ja, dies ist durchaus notwendig, Prinz Diego. Aber gibt es nicht noch einen tieferen Sinn, der alleine für uns als Ehepaar zu erfüllen wäre?"

„Was meint Ihr, Prinzessin?", entgegnete er erstaunt.

„Die Liebe zwischen den Menschen zu vervollkommnen", flüsterte sie leise.

„Wahre Liebe? Die gibt es nicht unter den Menschen und es lohnt nicht, sich länger Gedanken darum zu machen. Man wird sie nie erreichen", widersprach er, „ich werde mich nie mehr darauf einlassen! Nur die Sicherheit des Reiches zählt!"

„Aber ist es nicht der Sinn einer Ehe, dies gemeinsam zu versuchen? Sich gegenseitig in Liebe zu helfen, den Charakter zu verfeinern?"

„Wozu? Ich bin mit dem meinem ganz zufrieden."

„Dann habt Ihr die Prüfung nicht bestanden Prinz Diego", sagte die Prinzessin schweren Herzens.

„Warum?", wollte der Prinz enttäuscht wissen. „Ich habe doch alle Eure Befehle befolgt?"

„Es geht nicht nur um das materielle Glück, Prinz Diego. Es geht auch um unseren eigenen, ganz privaten Schatz in unseren Herzen", sprach die Prinzessin und streckte ihre Hand aus. „So gebt mir die Schatulle mit dem magischen Stein der Macht zurück."

„Nein, das werde ich nicht!", wehrte sich der Prinz vehement. „Ihr habt ihn mir geschenkt und ich habe ihn mir auch verdient!"

Das stimmte die Prinzessin noch trauriger, aber sie wusste, dass sich der Schatz in Luft auflösen würde, sobald die Entscheidung gegen die Vermählung gefallen war. Also beschloss sie, den Prinzen ohne weitere Strafe wieder in seine Heimat zurückzuschicken. Denn die größte Strafe für Prinz Diego würde sein, zu erkennen, dass er alles Glück durch seine fehlende Lebensweisheit und Einsicht verloren hatte.

Prinz Diego ritt indessen mit der fest verschlossenen Schatulle in seiner Satteltasche davon, ohne sich noch einmal nach der Prinzessin umzublicken. Und die beiden Königshäuser hörten nie wieder etwas voneinander, als ob es sie nie gegeben hätte.

Ein weiteres Jahr zog über das Land und wieder ritt ein prächtig ausgestatteter Prinz auf das Schloss der Prinzessin zu. Er stieg von seinem Ross, kniete vor ihr nieder und bat sie um ihre Hand. Es war Prinz Dankward aus dem südlichen Nachbarreich. Die Prinzessin erklärte ihm, dass er sich fünf Prüfungen unterziehen müsse, ehe sie einer Heirat mit ihm zustimmen würde und auch er nahm die Bedingungen an. So kam es, dass nun Prinz Dankward nach Abschluss des abendlichen Mahles, das sie zuvor gemeinsam alleine mit viel Spaß an der Arbeit zubereitet und Genuss verspeist hatten, von seiner Sorge berichtete und er erzählte ihr, dass er seit langem über ein Urteil nachsinne, wie über das Erbe einer noch unmündigen Waisen zu verfügen sei, das von ihrem nun auch noch verstorbenen Vormund einem Kloster zum Vermächtnis gegeben wurde.

„Bitte, edle Prinzessin", bat er sie nach seinen Ausführungen, „gebt mir einen freundschaftlichen Rat oder sagt mir, wie Ihr dieses Problem lösen würdet!"

„Ich danke Euch für Euer Vertrauen", sprach die Prinzessin lächelnd, „und rate Euch gerne. Lasst dem unmündigen

Waisenmädchen das Erbe auszahlen und gebt den verständnisvollen Ordensleuten als Entschädigung eine Spende als Vorschuss auf den Lohn, den sie im Himmel erhalten werden. Und dies ist Eure zweite Prüfung, nachdem Ihr durch dieses wohlschmeckende Mahl, das wir gemeinsam mit viel Vergnügen genossen haben, die erste Prüfung bereits bestanden habt: Kehrt in Euer Land zurück und schlichtet mit diplomatischem Geschick den Streit zwischen dem Waisenmädchen und dem Kloster. Dann kehrt zu mir zurück und berichtet mir."

Und Prinz Dankward ritt eilends in sein Land, um dem Rat der Prinzessin zu folgen. Ihr vertrauter Diener bestätigte, mit wie viel Umsicht der Prinz gehandelt habe, sodass alle Gemüter besänftigt vom Hoftag auf ihre Güter heimkehrten. Und als Prinz Dankward freudestrahlend zu ihr zurückkehrte, konnte die Prinzessin es kaum erwarten, ihm die dritte Aufgabe, die Kutschfahrt in die Berge der Einsamkeit, zu stellen.

Prinz Dankward hieß die Diener anschirren, half der Prinzessin beim Einsteigen in die Kutsche und erklomm den Kutschbock. Mit einem beherzten Schnalzen und lautem „Hüh!" trieb er die vier weißen Rösser an, die die Kutsche zogen und die Fahrt ging los. Wiederum folgten sie zuerst dem bequemen Weg aus dem Schlosspark hinaus in die Auwälder

der Umgebung und durch die erntereifen Felder, Äcker und saftigen Wiesen. Dann erreichten sie die Stadt, durch deren enge Gassen Prinz Dankward nun das große Gefährt steuern musste. Die Prinzessin konnte kein Fluchen über die vielen Menschen, die die Straßen belebten, aus seinem Munde hören. Stattdessen vernahm sie, wie er den Rössern aufmunterndes Lob zurief und den zur Seite gehenden Bauern, die auf Karren ihrer Arbeit Früchte zum Markt bringen wollten, seinen Dank bekundete. Wenn Frauen und Kinder die Straße kreuzten, zog er die Zügel an und verlangsamte seine Fahrt. Und als die Prinzessin ihn um einen kurzen Halt bat, da sie sich an einem Brunnen erfrischen wollte, kutschierte er sie bis zum Brunnen in der Mitte des Marktplatzes, um dann sein Gefährt an einer freien Stelle im Schatten abzustellen. Schließlich stieg die Prinzessin wieder in die Kutsche und die Fahrt ging weiter, zur Stadt hinaus, durch enge Schluchten und über steile Straßen, bis sie bei dem Zauberer ankamen, der sie schon mit seinem funkelnden Stein der Macht vor der Tür seiner Einsiedelei erwartete.

„Ihr seid nicht immer schnell gefahren. Dennoch bin ich rechtzeitig hier angekommen, um den Stein zu empfangen", stellte die Prinzessin fest und Prinz Dankward antwortete:

„Verzeiht, wenn ich Euch mit meinen Fahrkünsten enttäuscht habe. Aber ich musste in der Stadt auf die Menschen Rücksicht nehmen. Denn wenn sie auch noch so gering erscheinen, liegt das Reich auf den Schultern der Schwächsten und die Kraft der Mächtigen kommt aus deren Hände Arbeit."

„Auch diese Prüfung habt Ihr bestanden", strahlte die Prinzessin Prinz Dankward an und legte den Stein in seine Hände, die von dem anstrengenden Halten der Zügel während der Kutschfahrt mit blutenden Schwielen übersät waren.

Als sie wieder zum Schloss zurückgekehrt waren, sprach die Prinzessin: „Nun müsst Ihr die vierte Prüfung meistern. Dazu werde ich Morgen einen Ball geben und Ihr werdet die ganze Nacht hindurch mit mir tanzen."

„Oh, ich bin kein guter Tänzer", versuchte sich der Prinz zu entschuldigen.

„Ich bin ebenso eine schlechte Tänzerin", lachte die Prinzessin, „doch wollen wir sehen, wie wir uns am Morgen danach verstehen und ob wir dennoch miteinander harmonieren."

Und sie freuten sich auf das Fest und tanzten und tanzten und tanzten zwischen zahlreichen Gästen bis der Morgen dämmerte. Sie waren nicht die besten Tänzer, doch schwangen ihre Körper im Gleichklang zu der Musik – sowohl zu schnellen als auch langsamen Takten – als wären sie eins miteinander.

Und seltsamerweise schmerzten ihnen am Ende des Festes noch nicht einmal die Füße.

Dann, als sie zum Atemholen auf den Balkon hinausgingen und ehe die Prinzessin ihm die nächste Prüfungsaufgabe stellen konnte, schloss Prinz Dankward sie mit einem seligen Lächeln in die Arme und küsste sie so inniglich, dass die Prinzessin glaubte in den siebten Himmel zu schweben.

„Ihr habt die Prüfung bestanden, denn dies war die letzte Aufgabe", verkündete die Prinzessin überglücklich. „Und wenn Ihr noch immer mein Gemahl werden wollt, so gebe ich Euch gerne mein Jawort!"

Darauf antwortete Prinz Dankward mit einem erneuten Kuss, flüsterte in ihr Ohr die drei Worte, auf die sie so sehnlichst gehofft hatte und versprach ihr, sich stets darum zu mühen, dass die Liebe zwischen ihnen noch weiter wachsen werde.

Viele Jahre herrschten sie gemeinsam in ihrem Reich, hielten Frieden mit den Nachbarländern und ihr Volk war ebenso glücklich, wie das Königspaar selbst – auch wenn nicht alles in ihrem Leben eitel Sonnenschein war – und obwohl sie inzwischen gestorben sind und diese Welt verlassen haben, so lieben sie sich noch heute.

Wie die Rose zu ihren Dornen kam

*A*ls die erste Rosenpflanze auf Erden bemerkte, dass sie mit ihren leuchtend roten Blüten ein Lächeln in die Gesichter der vorübergehenden Menschen zauberte, reckte sie sich noch mehr in die Höhe, um weiteren blühenden Zweigen Raum zum Wachsen zu bieten. Mit jedem erfreuten Blick, den die Menschen auf sie warfen, steigerte sich auch ihre Freude und wurden ihre Blüten größer, voller und duftender, was noch mehr Menschenaugen vor Glück erstrahlen ließ. Sie begannen ihre Blüten zu pflücken, sie mit in ihre Hütten zu nehmen, sich ins Haar zu stecken, stetig an ihnen zu schnuppern, zu streicheln und sie sich gegenseitig zu schenken, um diese Freude mit sich zu nehmen und länger in ihren Herzen zu erhalten – und die Rose freute sich ebenso darüber. Sie lernte, dass das Geben sie glücklich machte, weil ihre Gabe dankbar angenommen wurde.

In ihrem Freudenrausch entdeckte die Rose eines Tages mitten im Sommer einen Menschen, der mit betrübtem Gesicht vor ihrem Strauch stehen blieb und in Gedanken versunken an ihrer Blüte schnupperte. Als er sich zu ihr herabbeugte, sah sie ihm tief in seine traurigen Augen, die dennoch viel Wärme und Herzlichkeit ausstrahlten, sodass sich die Rose in ihn verliebte. Er war nicht mehr jung, aber immer noch stark und voller Leben, genau wie sie. Er lauschte den Vögeln, die in ihren Zweigen zwitscherten und streichelte die Hummeln, die sich zwischen ihren Blütenblättern vor Entzücken summend räkelten. Dabei waren seine Hände so einfühlsam und umsichtig, wie sie es zuvor noch nie bei einem Menschen gesehen hatte. Er erzählte ihr von seinem gebrochenen Herzen und seinen Sehnsüchten, ohne zu wissen, dass sie ihn verstand und ihn für seine Offenheit umso mehr liebte.

Fortan wollte sie ganz besonders für ihn blühen, um auch ihn wieder glücklich zu machen und sie reckte ihm ihre Blüten entgegen, die er auch tatsächlich pflückte und mit sich nahm. Doch er zeigte nur wenig Freude auf seinem Gesicht. Dennoch konnte die Rose auch die folgenden Tage und Wochen nicht aufhören, ganz besonders viele Knospen zu öffnen, sobald er in ihre Nähe kam, und sie sehnte sich danach, dass er sie erneut zärtlich berührte, um sie vorsichtig zu pflücken. Sie sehnte sich danach, ihm abermals tief in die Augen sehen zu können, wenn er sich zu ihr herabbeugte und sie wünschte, auch seinen Duft wahrnehmen zu können.

Beinahe täglich kam er zu ihr und da die Rose inzwischen zu einem hohen, starken Busch angewachsen war, setzte er sich gerne in ihren Schatten. Indes konnte sie sehen, dass er gelassener wurde und glücklicher in ihrer Nähe wirkte, und sie wünschte sich immer mit ihm zusammen zu sein, vor seinem Haus zu wachsen und es zu umranken, unter seiner pflegenden Obhut noch besser zu gedeihen und vor dem herannahenden Winter geschützt zu sein. Die Rose träumte davon, dass dieser Mensch ihr beim Weiterwachsen helfen würde. Dass er ihr ein Gestell bauen würde, über das sie noch mehr in die Höhe ranken könnte; dass er das Gestrüpp zu ihren Füßen entfernen und sie mehr Luft zum Atmen bekommen könnte; dass er die verblühten Knospen zwischen ihrem Geäst herausschneiden würde und sie mehr Licht und Wärme auf ihren Blättern spüren könnte. Mit schwindender Kraft schenkte sie ihm noch spät im Herbst ihre letzten, duftend roten Blüten. Doch er betrachtete sie nur flüchtig und ging weiter seines Weges.

In der Nacht kam der erste Frost des Winters und blies mit seiner Eiseskälte in die geöffneten Blüten, sodass der Tod bis tief in ihre Zweige eindringen konnte. Weinend sah die Rose zu, wie ihre Tränen des Schmerzes zu kaltem Glas verhärteten und der Saft ihres Lebens in ihren Zweigen erstarrte. Ihre roten Blüten starben und fielen gemeinsam mit ihrem einst grün glänzenden Laub braun und vertrocknet zur Erde. Und der Mensch, den sie vor allen anderen liebte, ging vorüber, ohne sie eines Blickes zu würdigen und ihr Leid zu sehen.

Den ganzen Winter über weinte sie zurückgezogen bis in ihre tiefsten Wurzeln über ihre verschmähte Liebe. Sie konnte nicht verstehen, was an ihren Geschenken nicht gut und schön genug gewesen war, weil er sie nicht annehmen wollte und nicht ebenso liebenswert fand. Schließlich raffte sich die Rose im Frühling dazu auf, neu ihre letzten Reste an Lebenskraft zu sammeln und einen kleinen, schwachen Trieb hervorzubringen. Allerdings war auch aus ihr die Freude fast vollständig gewichen, da sie diese über den Winter nicht mehr weiter teilen konnte und ihr Vorrat im Herbst bereits zu gering war. Dennoch hatte sie sich entschlossen weiterzuleben, denn sie hatte die Hoffnung noch nicht ganz aufgegeben und sie fühlte noch immer das Leben und die Liebe in sich strömen. Beinahe völlig erschöpft bat sie die Sonne um Hilfe und diese eilte unverzüglich herbei, um ihre wärmenden Strahlen auf sie zu richten.

„Ich bin so unglücklich und so enttäuscht", klagte die Rose der Sonne. „Man hat mich verschmäht und nun habe ich meine ganze Schönheit verloren und niemand beachtet mich mehr. Mit niemandem kann ich mehr meine Freude teilen und wachsen lassen!"

„Du kannst von den Menschen nicht erwarten, dass sie wahrhaft lieben", sprach die Sonne und streichelte die Rose tröstend mit ihren Strahlen. „Sie haben zu viel Angst, um zu vertrauen und sich ebenso zu verschenken. Sie fürchten sich vor diesem Schmerz der Enttäuschung und der Erkenntnis ihrer eingebildeten eigenen Unvollkommenheit im Anblick der Schönheit. Dabei sind sie ebenso vollkommen wie du."

„Ich weiß", sagte die Rose schluchzend, „denn es liegt nur an ihrer fehlenden Liebe, die sie noch nicht einmal sich selbst gönnen. Die Menschen verschmähen sich selbst."

„Sie fürchten, dass der, der sie liebt, ihre wenige Liebe wegnehmen könnte, sodass sie keine mehr für sich selbst hätten", erklärte die Sonne weiter. „Dabei wird Liebe mehr, wenn man sie verschenkt und dehnt sich ganz über sie alle aus. Da die Menschen dies nicht begreifen und denken, was man verschenkt, wäre für immer aus dem Herzen verschwunden und verloren, fürchten sie sich vor dem Gefühl der Freude. Sie möchten sie erst gar nicht fühlen, aus Angst, es nicht ertragen zu können, wenn die Freude vergebens wäre. Deshalb lieben sie nicht und da sie nicht lieben wollen, leben sie nicht und sind schon tot, obwohl ihre Körper noch in voller Blüte stehen. Doch bei deinem Anblick werden ihre Herzen weicher. Bei deinem Duft erinnern sie sich an das Glück, weil du, ohne die Furcht von ihnen gebrochen zu werden, immer weiter deine Liebe an sie verschenkt hast. Darum werde ich die Spitzen meiner Sonnenstrahlen auf deinen Rosenzweigen lassen. Sie werden dir die Kraft geben, weiter süß und schön zu duften und zu gedeihen und die Menschen werden sich daran erinnern, dass sie auch noch dann leben und jeden Tag von neuem mit Freude füllen können, wenn sie den Schmerz in ihrem Körper spüren, sobald sie dich unachtsam berühren. Und sie werden dein Geschenk umso mehr zu schätzen wissen, sich darüber freuen und sich an die Liebe in ihrem Herzen erinnern."

Der Sinn des Lebens

ist es,

immer und überall

Liebe und Freude

wahrzunehmen, zu wahren und zu gewähren!

© Gabrielle C. J. Couillez

60